Lippisches Durcheinander

Humorvolle Geschichten und Gedichte

von

Kurt von der Heide

Alle Personen sind frei erfunden.
Jede Ähnlichkeit mit lebenden
oder bereits verstorbenen
Personen ist rein zufällig.

Dieses Buch wurde geschrieben, gedruckt, ausgeliefert und bezahlt ohne staatlich-lippische Begabtenförderung!!

Bibliografische Information der Deutschen Nationalbibliothek:

Die Deutsche Nationalbibliothek verzeichnet diese Publikation in der Deutschen Nationalbibliografie; detaillierte bibliografische Daten sind im Internet über http://dnb.dnb.de abrufbar.

Herstellung und Verlag: BoD – Books on Demand, Norderstedt ISBN: 978-3-7494-0905-1

Lippisches Durcheinander

Humorvolle Geschichten und Gedichte

Inhalt

Brief an den lieben Gott

In Detmold lebte einst eine alte Frau,
für sie war die Welt aber eher grau.
Mit ihrer Rente war es schlecht bestellt,
mit einem Wort: Sie hatte kein Geld.

Sie überlegte lange hin und her
woher denn Geld zu kriegen wär.
Ihr kam die Idee, so sapperlot,
sie schrieb einen Brief an den lieben Gott.

„Lieber Gott ich bin alt und arm
das Geld ist zu wenig, hab doch Erbarm
und schicke mir doch mal hundert Mark,
sonst müsste ich hungern und das ist arg.

Eine andere Hilfe weiß ich nicht mehr
und ohne Geld ist verdammt schwer.
Aber bitte beeile Dich mit dem Geld,
So ist es nicht mehr schön auf der Welt.

Der Brief wird in den Kasten gesteckt,
der Postbote ihn sofort auch entdeckt.
Er sieht die Adresse, was soll er machen,
„An den lieben Gott", das ist ja zum
Lachen.

Er denkt sich aber, ein Spaß muss sein,
der Brief kommt beim Finanzamt rein.
Am nächsten Tag dort angekommen,
wird er vom Beamten in Empfang
genommen.

Wer nun glaubt, er schmeißt weg den
Brief,
der irrt sich, da liegt er richtig schief.
Der Mann liest die Adresse und denkt
gleich daran,
wie man dieser Frau wohl helfen kann.

Ja, glauben Sie mir, das ist kein Scherz,
es gibt beim Finanzamt sogar Menschen
mit Herz.

Ihm kommt ein Gedanke und der ist fein,
das könnt für die Frau eine Hilfe sein.

Er fängt an durch die Büros zu wandern
und sammelt fleißig Geld bei sich und
allen Andern.
Doch leider war der Erlös etwas karg,
statt hundert, bekam er nur siebzig Mark.

Doch dies wurden dann unverwandt
gleich an die arme Frau gesandt.
Die Frau, sie kann's kaum ermessen,
dass sie der Herrgott nicht hat vergessen.

So schrieb sie rasch einen Dankesbrief,
in Eile sie damit zum Postamt lief.
Sie schrieb: "Lieber Gott, ich bin wieder
stark
und danke Dir für die siebzig Mark.
Doch solltest Du wieder an mich denken
und mir gütigst ein paar Märklein
schenken,

dann möchte ich Dich um eines bitten,
das Geld nicht übers Finanzamt in
Detmold mir zu schicken,
denn die Lumpen, diese Lipper, haben
mir ungelogen,
von den Hundert Mark doch wirklich
dreißig abgezogen."

Hund oder Frau

Hans aus Kachtenhausen, war ein
Jüngling von 45 Jahr
suchte ein Weib, das war wohl klar
wollte nehmen eine Frau,
dachte auch an die Gefahren, überlegte es
sich genau.

Da waren aber doch die Schranken
die entstanden in seinen Gedanken:
Hüte dich vor Liebesgaben, hüte dich vor
schwacher Stund',
willst du lieben ohne Plagen, kauf dir
lieber einen Hund!

So ein Hund gehört dir immer, weil er
dich als Herrn erkennt,
bei einer Frau geschieht das nimmer,
denn Gehorsam ist ihr fremd.
Mitgift hat er freilich keine, aber eines
weißt du ganz genau,

so ein Hund wird immer treu sein – weißt
du das von deiner Frau?

So ein Hund weint nie 'ne Träne, niemals
braucht er Aspirin,
abends hat er nie Migräne und braucht
nie was anzuziehn.
Willst du mal 'ne Reise machen, kannst
du ruhig den Wau Wau
einem Freund in Pflege geben – versuch
das mal mit deiner Frau!

Gehst du mit ihr auf die Straße, bleibt sie
plötzlich stille steh'n:
„Lieber Mann, mich drückt die Blase, halt
die Tasche, ich muss geh'n."
Deinem Hund genügt ein Bäumchen,
denn er nimmt's nicht so genau,
er hebt einfach hoch das Beinchen –
verlang das mal von deiner Frau!

Vor den Läden steh'n die Frauen, neue
Kleider sind ihr Ziel,
haben Hüte wohl nie zu viel.
Einen Hund, den brauchst du nimmer
auszuschmücken wie 'nen Pfau,
denn er läuft ja nackend immer – verlang
das mal von deiner Frau!

Willst du wie in früheren Tagen, abends
in die Kneipe geh'n,
musst du erst dein Frauchen fragen, bitte,
bitte, musst du fleh'n.
Bei den Hunden ist das anders, denn die
Sitten sind hier rau,
diese werden eingeschlossen – versuch
das mal mit deiner Frau!

Und kommst du mal spät nach Hause,
willst zu ihr ins Bettchen geh'n,
wird sie toben ohne Pause: „Geh, ich will
dich nicht mehr seh'n!"
Doch wie anders ist so ein Hündchen,

macht es mal zu laut Wau Wau,
sagst du nur: „Sei still!" das ist ein
Fremdwort für deine Frau!

Drum sagte sich der Hans, lass die Hände
von der Frau,
denn in ihren alten Tagen, wird sie
hässlich, alt und grau.
Wird mein Hund mir mal zuwider, dann
verkauf ich den Wau Wau
und kauf mir 'nen neuen wieder – verkauf
mal so 'ne alte Frau!

Der Besucher

Während eines Besuches in einer geschlossenen Anstalt in Bad Salzuflen, fragt ein Besucher den Direktor, nach welchen Kriterien entschieden wird, ob jemand eingeliefert werden muss oder nicht.

Der Direktor sagt: „Nun, wir füllen eine Badewanne, geben dem Kandidaten einen Teelöffel, eine Tasse und einen Eimer und bitten ihn, die Badewanne auszuleeren."

Der Besucher: „Ah, ich verstehe, und ein normaler Mensch würde den Eimer nehmen, damit es schneller geht, ja?"

Direktor: „Nein, ein normaler Mensch würde den Stöpsel ziehen ... *Wünschen Sie ein Zimmer mit oder ohne Balkon?*"

Ein Duft für alle

Ich esse gerne Bohnensuppe mit Speck,
dafür lasse ich alles andere weg.
Sonntags tut meine Frau die oft kochen,
neulich hatte ich wieder richtig gerochen.

Mittags hab' ich drei Teller leer gegessen
und anschließend zwei Stunden auf dem
Klo gesessen.
Ich hab' getan was ich konnte, es hatte
keinen Sinn,
die Bohnen, die blieben alle drin.

Dann ging ich zur Abendmesse in Lage
um 18 Uhr,
mir ging es gut - mein Bauch drückte nur.
Der Pastor predigte vom Jüngsten
Gericht,
der Angstschweiß trat mir ins Gesicht.
Er sprach vom "Heulen" und
"Zähneknirschen" -

die Bohnen sich langsam zum Ausgang
pirschen.
Ich hörte Worte wie "Teufelsqualen" und
"Höllengestank" ,
das war die Idee, Mensch, Gott sei Dank!

Ich versuchte, unauffällig nach links und
rechts zu schau'n,
da ist leise die erste Bohne abgehau'n.
Die Zweite hatte ich noch unter
Kontrolle,
aber die Dritte, die haute ins Volle.

So drei bis vier verließen leise meine Not,
die Leute wurden schon blass und rot.
Vorsichtig schiel ich die Kirche lang,
da liegen die Ersten ohnmächtig in der
Bank.

Auf der Seite nimmt eine Frau Parfüm,
ich denke: „Ist alles umsonst, lass das
ruhig sein".

Am Marienaltar stand ein Strauß Flieder,
eine Oma sagt: "Was stinkt der heute
wieder".
Die letzten Worte konnte sie nur lallen,
dann ist sie langsam umgefallen.

Der Pastor fragte: „Was ist denn los?",
da ruft einer hinter mir: „Hier ist die
Hölle los".
Bei dieser Gelegenheit hab' ich kurz
entschlossen
meinen Hintermann auch abgeschossen.

Der Pastor wird stutzig und fragt verzagt:
„Hab' ich in meiner Predigt 'was falsches
gesagt?"
Und als zwei Mann die Kirche verlassen,
ruft er: „So schlimm braucht ihr das nicht
aufzufassen".

Ich sah den Küster aus der Sakristei
rasen,

ich hatte mit einer Bohne das Ewige Licht
gerade ausgeblasen.
Er ist aber nur bis zur zweiten Stufe
gekommen,
schnuppert die Luft und wackelt
benommen,
an der Kommunionbank sucht er Halt,
doch die nächste Bohne machte ihn kalt!

Ich schaue mich um, so voller
Entrüstung,
da liegt der Organist schlapp über der
Brüstung.
Er ist am Würgen und scheint tot krank,
ich ahne, da oben ist der meiste Gestank.
Er rappelt sich auf und spielt, dass es zum
Himmel schreit:
„Macht hoch die Tür, die Tor macht
richtig weit !"

Endlich ist die Messe vorbei,
ich fühle mich wieder frisch und frei.

21

Es braust ein Ruf wie Donnerhall,
die Bohnen sind nun endlich all'.
Und sind die Qualen erst mal weg,
freu ich mich schon wieder auf die
nächste
"Bohnensuppe mit Speck".

Reinholdi

Wir schreiben das Jahr 1997, also das Jahr
kurz vor meiner Geburt. Wie jedes Jahr
im Oktober fand im Lagenser Ortsteil
Pottenhausen der in ganz OWL bekannte
Reinholdimarkt statt.
Fahrgeschäfte, Buden und das Festzelt
lockten wie immer tausende von
Besucher an.
In einem Haus direkt neben dem Markt,
wohnte eine Witwe mit dem Namen
Irmgard Waltraud Gertrude von Spitz.
Da ihr Mann früh verstorben war, bekam
sie nur eine kleine Rente und suchte
immer nach Gelegenheiten, diese
aufzubessern. Darum freute sich die
Rentnerin jedes Jahr auf Reinholdi.
Ihr Grundstück war von Büschen,
Sträuchern und Bäumen umgeben. Da die
Lipper sparsam sind und besonders die
Männer den Vorteil haben, dem kleinen

Mann mal schnell die große Welt zu zeigen, gingen sie häufig für ihr Bedürfnis nicht auf die Toilette.

Mal eben schnell in die Büsche, da brauchte man nicht anstehen und es war billiger – meinten sie.

Doch da hatten die Männer ihre Rechnung ohne Irmgard Waltraud Gertrude von Spitz gemacht! Die stand nämlich wie ein Fels in der Brandung zwischen ihren Büschen und Bäumen.

Nicht einfach so!

In der einen Hand hielt sie eine Gartenschere in der anderen ein Schild auf dem stand mit riesigen Buchstaben geschrieben: **Einmal pinkeln 2 DM**!

Ganz klein darunter: **Wer nicht zahlt – schnipp und ab**!

Am Dienstag nach dem Volksfest machte sich Irmgard Waltraud Gertrude von Spitz mit dem Fahrrad gut gelaunt auf den Weg nach Lage.

Auf dem Gepäckträger ein Korb mit zwei großen Säcken darin. Plötzlich wurde sie von einem Streifenwagen angehalten. Die beiden Polizisten stiegen aus und der eine sagte: „Gute Frau, aus dem einen Sack fallen Münzen. Woher haben Sie so viel Kleingeld und wohin wollen Sie?" Die Rentnerin bekam einen roten Kopf und erklärte den Polizisten woher sie das Geld hatte und das sie es zur Bank bringen wollte. Die Beamten lachten Tränen. „Das muss sich ja gelohnt haben!" meinte der Polizist von eben. „Der zweite Sack ist ja noch größer als der erste." Irmgard Waltraud Gertrude von Spitz wäre am liebsten im Boden versunken. „Ja wissen Sie, da ist kein Geld drin – es wollte eben nicht jeder bezahlen!"

Ein Kondom mit Problemen

Alexander kommt in die Zuckerstadt Apotheke in Lage und verlangt vom Apotheker ein Kondom.

Stolz erzählt er ihm: „Heute Abend bin ich bei meiner Freundin zum Essen eingeladen, danach läuft bestimmt was!"

„Viel Glück!" wünscht ihm der freundliche Apotheker.

Nach zehn Minuten kommt er wieder und sagt: „Ich hätte gerne noch ein Kondom, grade habe ich von einem Kumpel erfahren, dass die Mutter meiner Freundin eine richtige Schlampe ist und es mit jedem treibt! Ich schätze mal, da geht heut Abend auch noch so einiges."

„So ein Glück hätte ich auch gerne mal gehabt! Da wünsche ich Ihnen doch viel Spaß!" erwiderte der freundliche Apotheker.

Alexander bekommt das Kondom und geht... Abends dann bei seiner Freundin, schaut er den ganzen Abend vor sich auf

den Teller, und redet kein Wort mit den
Eltern von ihr.

Entrüstet sagt sie: „Wenn ich gewusst
hätte, dass Du so unfreundlich bist, dann
hätte ich Dich nicht eingeladen."

Darauf erwidert er: „Hätte ich gewusst,
dass Dein Vater Apotheker ist, dann wäre
ich auch nicht gekommen!"

Ein vielbeschäftigter Mann

Kommt ein Mann in eine Arztpraxis in Lemgo und sieht, dass das Wartezimmer brechend voll ist.

„Klasse!", meint er und geht wieder. Am nächsten Tag dasselbe Spiel: Das Wartezimmer ist voll, er ruft „Klasse!" und geht wieder. Das wiederholt sich einige Tage. Der Arzt bekommt das mit und wundert sich. Er bittet seine Sprechstundenhilfe, doch dem Mann einmal nachzufahren.

Sie tut das am nächsten Tag, und von ihrem Chef später zur Rede gestellt, druckst sie herum. „Und, sind Sie ihm nachgefahren? „Ja." „Und wohin?"

„Er fuhr zu einem Einfamilienhaus nach Bega." „Ja und dann?"

„Dann klingelte er an der Haustür."

„Und dann?"

„Dann machte ihm eine hübsche Frau

auf, nur mit einem Bademantel bekleidet." „Ja und dann?"

„Dann sagte er zu ihr: *„Liebling, wir können weitermachen. Dein Mann hat noch ein volles Wartezimmer!"*

Eine Frau aus Kalletal

Ich bin eine Frau, die aus Fehlern
besteht,
eine Frau, die nichts von der
Wirtschaft versteht.
Ich kann nicht kochen und nicht
flicken,
ich kann nicht häkeln und nicht
stricken.

Doch eines gibt's, was ich wunderbar
kann,
das schätzt an mir auch jeder Mann
und darin werde ich so leicht
von keiner anderen Frau erreicht.

Ich kann's von vorne und von hinten,
ich kann es auch langsam und
geschwind.
Ich kann es seitlich und im Bücken,
ich kann es gut auch auf dem
Rücken.
Ich kenne das in jedem Brauch,
auf dem Bauch, da kann ich's auch.

Ich fing damit schon zeitig an.
Gelehrt hat's mir ein junger Mann.
Der war sehr jung und auch sehr
kräftig,
er zeigte sich darin sehr heftig.

Am Anfang war mir ziemlich bange,
ich hatte Angst vor seiner Stange.
Das erste Mal wollte nicht wirklich
gelingen,
da hörte ich die Engelein singen.

Doch war das Tempo bald gefunden,
der Widerstand war überwunden.
Und mit der Zeit kam die Routine.
Ich bleibe schlank wie eine Lilie.

Und wie gesagt, ich werde so leicht
von keiner anderen Frau erreicht.
Ich lieb es morgens und das ist gut,
da ist man so schön ausgeruht.

Am Abend es am Schönsten ist,
eh' die Sonn' am Untergehen ist.
Ich tu' es im Dunkeln und bei Licht

und wenn mich mal die Laune packt,
so tu' ich's auch mal pudelnackt.

Sehr schön ist es, zu zwei'n,
schöner noch sogar zu drei'n.
Und wenn ein Partner müde wartet,
ein andrer statt seiner startet.

Mir wird das Starten nie zu viel,
ich komme immer an mein Ziel.
Sie werden es vielleicht nicht
glauben,
ich bin ein Freund von
Gummihauben.

Nur für Natur hab' ich Interesse,
Mein Element, das ist die Nässe.
Ich hab' euch nun genug geneckt -
es ist ein Doppelsinn versteckt:
Ich sprach gewiss nicht von was
Schlimmen,
das, was ich kann, ist nämlich
Schwimmen!

Das Geburtstagsgeschenk

Es war einmal ein junger Mann aus Mosebeck, der nach Detmold fuhr, um ein Geburtstagsgeschenk für seine neue Freundin zu erwerben. Da die Beiden noch nicht sehr lange zusammen waren, beschloss er nach reiflicher Überlegung ihr ein paar Handschuhe zu kaufen, ein romantisches, aber doch nicht zu persönliches Geschenk.

In Begleitung der jüngeren Schwester seiner Freundin ging er in eine Boutique und erstand ein paar weiße Handschuhe. Die Schwester kaufte ein Unterhöschen für sich. Beim Einpacken vertauschte die Verkäuferin aus Versehen die Sachen. So bekam die Schwester die Handschuhe eingepackt und der junge Mann bekam unwissend das Paket mit dem Höschen, das er auf dem Rückweg zur Post brachte und mit einem kleinen Briefchen an seine Liebste verschickte:

Mein Schatz,

ich habe mich für dieses Geschenk entschieden, da ich festgestellt habe, dass Du keine trägst, wenn wir abends zusammen ausgehen. Wenn es nach mir gegangen wäre, hätte ich mich für die langen mit den Knöpfen entschieden, aber Deine Schwester meinte, die kurzen wären besser. Sie trägt sie auch und man kriegt sie leichter aus. Ich weiß, dass das eine empfindliche Farbe ist, aber die Dame, bei der ich sie gekauft habe, zeigte mir ihre, die sie nun schon seit drei Wochen trägt und die überhaupt noch nicht schmutzig sind. Ich bat sie, Deine für mich anzuprobieren und sie sah echt Klasse darin aus. Ich wünschte, ich könnte sie Dir beim ersten Mal anziehen, aber ich denke, bis wir uns wiedersehen, werden sie mit einer Menge anderer Hände in Berührung gekommen sein. Wenn Du sie ausziehst, vergiss nicht, kurz hineinzublasen, bevor Du sie

weglegst, da sie wahrscheinlich ein
bisschen feucht vom Tragen sein werden.
Denk immer daran, wie oft ich sie in
Deinem kommenden Lebensjahr küssen
werde. Ich hoffe, Du wirst sie
Freitagabend für mich tragen.

PS: Der letzte Schrei ist, sie etwas
hochgekrempelt zu tragen, so dass der
Pelz rausguckt!!

Der Obdachlose

Ein Mann aus Horn der war Obdachlos
Und dachte: *Wie bekämpf ich meinen
Hunger bloß?*
Von einer Kirche steht die Türe offen
Das ließ ihn auf Essen hoffen

In die Kirche ging er nun hinein
Fand eine Schale Tintenfischringe und
weißen Wein
Die waren zäh, aber gut
Was man gegen den Hunger nicht alles
tut

Da trat ein Pfarrer an ihn heran
Artig bedankte der Obdachlose sich dann
„Vielen Dank Herr Pfarrer für Speiß und
Trank
Auch wenn die Tintenfischringe
verbreiteten einen seltsamen Gestank!"

Doch die Antwort hätte er am liebsten
nicht gehört
„Nun, mein Sohn, es freut mich das es Dir
geschmeckt
Aber Tintenfischringe ist nicht korrekt
Du bist in einer Synagoge und ich
Rabbiner
Und damit Gottes Diener
Das Du die Teile gegessen hast registriere
ich mit Verwunderung
Denn die sind von vorgestern da hatten
wir große Beschneidung..."

Offiziere

Eine Gruppe ausländischer Nato Offiziere wurde zu einer Übung in die Senne geschickt. Obwohl die kein Wort deutsch sprachen, beschlossen sie am Sonntag nach Augustdorf in die Messe zu gehen. Nach einiger Zeit stand ein Mann in der Reihe vor ihnen auf. Die Offiziere dachten, dass die Messe zu Ende wäre und erhoben sich gleichfalls. Plötzlich bricht die ganze Gemeinde in Gelächter aus. Entsetzt fragen sie den Pastor, der etwas englisch sprach, was denn los sei. Der antwortete: „Wir wollten mit der Kindstaufe beginnen und ich hatte den Vater gebeten sich zu erheben...“

Tierliebe

Ein Mann will die Katze seiner Frau heimlich loswerden und beschließt, sie auszusetzen. Er nimmt sie mit ins Auto, fährt 20 Häuser weit, setzt die Katze aus und fährt heim. Zehn Minuten später ist die Katze auch wieder da.

„Na gut", denkt sich der Mann, „war vielleicht ein wenig zu kurz die Strecke." Setzt sich wieder mit der Katze ins Auto, fährt 6 Kilometer weit und setzt sie aus. Zwanzig Minuten später ist die Katze wieder zu Hause. „Jetzt reicht's!" denkt sich der Mann, nimmt die Katze mit ins Auto und fährt 20 Kilometer, dann durch den Wald, über eine Brücke, rechts, links und setzt die Katze dann schließlich mitten im Wald auf einer Lichtung aus. Eine halbe Stunde später ruft der Mann zu Hause an. „Ist die Katze da?" fragt er seine Frau. „Ja, warum?"

„Hol sie mal ans Telefon, ich habe mich verfahren."

Ehrliches Gespräch unter Freundinnen

Drei beste Freundinnen treffen sich im Kurpark von Bad Salzuflen, setzen sich auf eine Bank und unterhalten sich darüber, wie sehr ihre Ehemänner sie nerven.

Meinte die Erste: „Mein Mann ist schon ziemlich neben der Spur! Er brachte neulich eine Schaukel und einen Sandkasten für den Garten mit nach Hause – obwohl wir keine Kinder haben! Gestern fand ich eine Packung mit 50 Kondomen in seiner Aktentasche. Auf meine Frage, meinte er, die wären für den Urlaub – obwohl er genau weiß, dass ich nicht mitfahre!"

Meinte die Zweite: „Mein Mann ist da etwas anders, er denkt ständig an mich. Gestern Abend habe ich ihn mit einem neuen BH überrascht, der meine Oberweite kaum verdeckt und er machte mir auch gleich ein Kompliment."

„Du hast einen ganz tollen BH an, mein Schatz! Den habe ich noch nie an Dir gesehen!"

„Mein Mann bekam sogar einen roten Kopf, so erotisch wirkte der BH auf ihn! Da konnte ich ihm doch nicht sagen, dass ich den erst tags zuvor auf dem Rücksitz seines Wagens gefunden hatte!"

Meinte die Dritte: „Mein Männe hat einen Putzfimmel! Jeden Freitag ist großer Hausputz angesagt. Ich helfe ihm, indem ich das Haus verlasse und schoppen gehe. Letztes Mal hat er es übertrieben und auch im Bettkasten unseres Ehebettes geputzt. Als ich vom Schoppen total erschöpft nach Hause kam, wurde ich von ihm angesprochen: *„Du Schatz, wieso liegen drei leere Bierflaschen und 1200€ in dem Bettkasten unter deinem Bett?"* Ich war natürlich erschrocken, dass er mein kleines Geheimnis entdeckt hatte, aber ich antwortete ehrlich. *„Erinnerst du Dich, dass wir vor der Hochzeit versprochen haben eine offene Ehe zu führen?*

Insbesondere wenn der Sex Pflicht wird und nichts Besonderes mehr ist, waren wir einverstanden uns auch mal für ein Abenteuer einen anderen Partner zu suchen! Das habe ich gemacht und jedes Mal hinterher ein schönes kühles Bier getrunken."

"Das war dreimal in acht Ehejahren? Das ist nicht viel und akzeptabel!" erwiderte mein Mann. "Doch was sind das für 1200€??"

"Das ist Pfandgeld von den anderen Flaschen!"

Ein Popel für alle

Ich ging im Wald so für mich hin
und nichts zu suchen, das war mein Sinn.
Ich bestaunte Blumen im Gras,
fummelte mit dem Finger in der Nas'.

Ich hatte an demselben dann,
plötzlich einen Popel dran.
Was hat so ein Popel für einen Zweck?
Ich dachte: der muss weg!

Ich rollte ihn auf die Fingerkuppen
und versuchte ihn dann weg zu fluppen.
Es plitschte in Richtung Waldesrand
und wie ich guck', hatte ich ihn immer
noch an der Hand.

Verflixt nochmal, was sollte ich tun?
Ich setzte mich um auszuruhn
und angestrengt zu überlegen,
dieses verflixten Popels wegen.

Ach denk ich, jetzt klebst du ihn unter
die Bank,

als ich guck' da hab ich ihn immer noch
in der Hand.
Inzwischen war er kugelrund
und jetzt kommst du weg, du
Schweinehund.

So sagte ich und ging im Nu,
auf eine dicke Eiche zu.
Ich streich vorbei so elegant
und ich guck', da hatte ich ihn immer
noch an der Hand.

Jetzt aber, habe ich ihn zwischen zwei
Fingern,
wie man das so tut mit solchen Dingern.
So kriegte ich ihn auch zu fassen,
ich wollte ihn heimlich fallen lassen.

Doch eh ich die Gefahr erkannt,
da hatte ich ihn an der anderen Hand.
Verflixt noch mal, was war ich sauer,
beim nächsten Mal da bin ich schlauer.

So dachte ich, als ich voll Entzücken
den Thomas tat erblicken.

Der kam mir grad recht und sehr
gelegen,
denn der tat noch Manieren pflegen.

Er begrüßt jeden mit Handschlag stets,
war stets freundlich und fragt: wie gehts?
Er streckt mir auch diesmal die Rechte
entgegen
und machte mich einen Moment
verlegen.

Doch dann schlug ich zu und drückte sie
kräftig,
der Thomas, ach der freute sich heftig.
Und als er später auf der Toilette
verschwand,
da hatte er den Popel an der Hand.

Und die Moral von der Geschicht':

Ein Händedruck hat doch beizeiten,
entschieden seine guten Seiten!

Ein Versprechen mit Folgen

Herr Krüger aus Helpup hatte schon seit Wochen
auf Drängen seiner Ehefrau,
ihr einen Barbesuch versprochen,
nur wo, das blieb noch ungenau.

Als beide durch Bielefelds Straßen gingen
fand Hans doch keine Bar,
die seines Wissens zum Gelingen
des Abends recht geeignet war.

Seine Ehefrau Gabi jedoch, die
sah ihrerseits ein Nachtlokal,
wohin ihr Mann sie bringen musste,
wenn er das Haus auch nicht empfahl.

Sie schleppte ihn zur Eingangstüre,
wo ein Portier in Gala stand,
der unterm Baldachin stand Schmiere
die folgende Begrüßung fand:

„Mensch Hans, das ist ja erfreulich,

Mensch Hans, das ist aber schön,
Dich nach dem letzten Abend neulich,
erneut als alten Freund zu sehn!"

„Wie, kennst Du den?" die Gabi staunte.
„Was weißt Du von dem Manne hier?"
Ihr lieber Hans aber raunte:
„Das ist ein Klassenkamerad von mir!"

„Sieh da, Herr Krüger", rief voller Freude
im Flur jetzt die Garderobenfrau.
„Wie?", sprach Gabi „alle beide?
Die Dame kennst Du auch genau?"

„Das ist die Frau vom meinem
Kameraden",
sprach Hans nun, „und es ist gut,
dass sie in diesem Männerladen
in seiner Nähe Dienste tut!"

Jetzt traten unsere Eheleute,
Herr und Frau Krüger in die Bar,
die, wie an jedem Tag, auch heute
rot schummerig erleuchtet war.

„Aah", rief die busenschöne Dame,
die an der kleinen Theke stand,
„Herr Krüger! Welch ein lieber Name"
Die Gute war ganz außer Rand und Band.

Gabi aber fragte:
„Die kennst Du auch? Das ist mir neu",
als Hans zögernd sagte,
dass dies der beiden Tochter sei.

Im Verlauf des Nachtprogrammes,
das ablief ganz in Hansis Sinn,
erschien ein Mägdelein, ein strammes,
als flotte Stripteasetänzerin.

Sie ließ beim Tanz die Hüllen fallen
bis auf den winzig kleinen Slip
und sagte dann kokett zu allen:
„Wer wagt denn nun den letzten Strip?"

Da rief, fast wie aus einem Munde,
es war schon um Mitternacht,
die froh gelaunte Männerrunde,
dass dies doch stets Herr Krüger macht!
„Nun aber fort!"

Die Gabi packte
ihren armen Mann, zog ihn hinaus,
bis Hans fast zusammensackte
vor diesem tief verruchten Haus.

Ein Taxi kam. Die Gabi zerrte
den bösen Ehemann hinein,
beschimpfte ihn mit aller Härte:
„Wie kann man nur so treulos sein!"

Da drehte sich mit Schmunzelmiene
der Fahrer um, er war schon sehr betagt:
„Mensch Hans, so'ne heiße Biene
hast Du bisher noch nicht gehabt!"

Die Mücke

Ein Abend war' s am Werrestrand.
Still lag ich noch im warmen Sand.
Da kam zu mir, mit Gier im Blicke,
Blutrünstig eine große Mücke.

Sofort sah ich an ihrem Leib,
Es war ein freches Mückenweib.
Ein jeder weiß, nur Mückenweiber,
Stechen sehr gern in Menschenleiber.

Erschreckt sprang ich mit einem Fluch
Von meinem bunten Badetuch.
Doch schnell hat sich dies Mückenweib
Gebohrt in meinen braunen Leib.

Dieses tat sie ohne einen Laut.
Ganz dreist saß es auf meiner Haut
Und sog sich voll mit meinem Blut.
Mich juckte es, ihr tat es gut.

Was lehrt uns diese Kurzgeschicht':
Vertraue Mückenweibern nicht!
Was die Natur uns dadurch zeigen kann,
Vertraue nur dem Mückenmann!

Blindes Vertrauen

Eine Schlange und ein Hase waren auf dem Weg durch den Wald, als sie auf einer Kreuzung zusammenstießen. Beide begannen sofort, einander die Schuld am Unfall zuzuschieben. Als die Schlange argumentierte, sie sei seit ihrer Geburt blind, und hätte daher immer Vortritt, stellte sich heraus, dass auch der Hase seit seiner Geburt blind war.

Die beiden vergaßen den Zusammenstoß, und sprachen miteinander über ihre Erfahrungen, blind zu sein. Die Schlange erzählte mit Bedauern, dass ihr größtes Problem war, dass sie keine Identität besaß. Sie hatte niemals ihr Spiegelbild gesehen, ja sie wusste nicht einmal, was für ein Tier sie war.

Der Hase hatte genau das gleiche Problem. So beschlossen die beiden, sich gegenseitig abzutasten, und zu erzählen, was der andere war, und wie er aussah. Die Schlange wand sich darauf um den Hasen und sagte nach kurzer Zeit:

„Du hast einen sehr weichen, wuscheligen Pelz, lange Ohren, lange Hinterbeine und einen kleinen wuscheligen Schwanz. Ich glaube, Du bist ein Hase!" Der Hase war erleichtert, endlich zu wissen, was er war, und fühlte nun den Körper der Schlange. Nach ein paar Minuten sagte er: „Du bist schuppig, schleimig, hast kleine Augen, Du windest dich und kriechst die ganze Zeit, und Du hast eine gespaltene Zunge. Ich glaube, Du bist ein Anwalt!"

Ein Findelkind

Bei der Bezirksregierung in Detmold wird ein Findelkind entdeckt. Die Gerüchteküche brodelt. Sogar der Präsident wird als möglicher Vater ins Spiel gebracht. Das veranlasst die Behörde zu einer offiziellen Stellungnahme:
„Ein Behörden Mitarbeiter kann unmöglich der Vater des Kindes sein.

Erstens: Bei der Regierung wird nichts mit Lust und Liebe gemacht.

Zweitens: Bei der Behörde war noch nie etwas innerhalb von neun Monaten fertig.

Drittens: Bei unserer Behörde ist noch nie etwas entstanden, was von Anfang Hand und Fuß hatte."

Lippes schnellster Maurer

Lippes schnellster Maurer stand auf dem
Gerüst in Ohrsen.
Da geschah eine Geschichte, die ihr
kennen müsst.
Der Mann holte aus mit seiner Kelle
Schlug durch die Luft eine große Welle.

Es gab einen lauten Klatsch
Und die anvisierte Schnecke war jetzt
matsch.
Nun wandte er sich an seinen Kumpel
und sprach ganz kess:
„Endlich ist vorbei der Stress!
Ständig jagte sie mich hin und her.
Endlich hab' ich meine Ruhe, denn es
gibt sie nun nicht mehr!"

Ferien auf dem Bauernhof

Ein Mann macht Ferien auf einem Bauernhof in Entrup.

Eines Morgens sieht er zufällig, wie der Knecht auf den Hof kommt, der Bäuerin unter den Rock langt, sich dann auf den Traktor setzt und davonfährt. Am nächsten Morgen liegt der Feriengast wieder auf der Lauer und -siehe da! – das gleiche Spielchen. So geht das jeden Morgen. Am Tag seiner Abreise beschließt der Mann, den Bauern über die Seitensprünge seiner Frau aufzuklären. „Bauer, Deine Frau geht fremd!" „Wie kommen Sie denn darauf?" „Na, der Knecht langt ihr jeden Morgen unter den Rock, bevor er mit dem Traktor auf den Acker fährt!"

„Ach, wissen Sie", lacht der Bauer, „meine Frau hat ein Holzbein und an dem hängt der Traktorschlüssel."

Ein schlaues Kind

Sagt Andi aus Billerbeck zur Mutter: „Jetzt habe ich soeben sieben Fliegen ins Jenseits befördert, vier Weibchen und drei Männchen!"

„Woher weißt Du, dass es vier Weibchen und drei Männchen waren?"

„Ist doch klar: Drei hingen an der Bierflasche und vier vor dem Spiegel..."

Stoffreste

Ein Mann geht bei C&A in Detmold einkaufen und entdeckt einen tollen Restposten – zehn Meter von einem Stoff mit Tigermuster.

Er ist begeistert und kauft die ganzen zehn Meter.

Zu Hause angekommen, schneidert er sich aus einem Meter von diesem Stoff eine fesche Badehose. Er probiert sie an und bewundert sich im Spiegel. Die Wirkung der Hose ist genial. Sie lenkt nämlich von seinem ansehnlichen Bauchumfang ab.

Am nächsten Tag geht er ins Freibad nach Heidenoldendorf. Dort spaziert er voller Stolz mit seiner neuen, schönen Badehose herum.

Er klettert auf den fünf Meter Turm und springt elegant hinunter. Er merkt nicht, dass er dabei seine Badehose verliert.

Er klettert nichts ahnend aus dem Wasser
und stolziert mit eingezogenem Bauch
und stolz geschwellter Brust am
Beckenrand entlang. Dabei kommt er an
einer jungen Frau vorbei.
Die Frau starrt entsetzt auf sein
entblößtes kleines bestes Stück.

Er meint daraufhin ganz selbstbewusst:
„Ja, schauen Sie nur ganz genau hin! So
etwas Schönes haben Sie bestimmt noch
nicht gesehen und zu Hause habe ich
noch neun Meter davon..."

Vater + Sohn

Ein Vater besuchte einmal mit seinem Sohn die Apotheke. Der Sohn bemerkte die Kondome und fragte seinen Vater: „Vati, wofür ist die Schachtel mit den drei Kondomen?".

Der Vater sagte:
„Die brauchst Du, wenn Du auf das Gymnasium gehst. Zwei für Freitagnacht, einen für Samstagnacht."

Der Sohn fragte daraufhin nach der Packung mit den 6 Kondomen.

Der Vater:
„Wenn Du studierst, dann brauchst Du die. Zwei für Freitagnacht, zwei für Samstagnacht und zwei für Sonntagmorgen."

Als letztes fragte der Sohn nach der Packung mit 12 Kondomen.

Der Vater daraufhin:

„Oh, mein Sohn, die brauchst Du, wenn Du verheiratet bist. Eins für Januar, eins für Februar..."

Opa gibt Gas

In Kachtenhausen lebte Opa Heinz
Wollt mit seiner neuen Freundin werden
Eins
Beide lagen nackt schon bald im Bett
Freundin Olga fand es nett

Mit zittriger Hand Olga ihm schnell das
Kondom dann überstreift
War überrascht als Opa Heinz zur
Nasenklammer greift
„Was willst Du denn mit diesem Teil?
Ist in Deinem Kopf noch alles heil?"

„Warte ab, bis es gleich zur Sache geht
Mein bestes Stück dann ewig steht
Ich bin im Bett wie ein wilder Schumi
Mag bloß nicht den Geruch von
verbranntem Gummi!"

6

Der Schlangenbiss

Zwei Motorradfahrer aus Horn, Toni und Gerd, rasen bei einer Wüstenralley durch den Sand. Als sie einen Busch am Wegesrand entdecken, halten sie an, um einem menschlichen Bedürfnis nachzukommen. Plötzlich schießt eine Schlange hervor und beißt Toni in dessen bestes Stück.
Kreidebleich sinkt dieser in den Sand.

Gerd holt rasch das Funkgerät und funkt den Arzt um Hilfe an.
Der Arzt fragt:
„Welche Farbe hatte die Schlange ?"
Gerd zu Toni:
„Der Arzt fragt nach der Farbe der Schlange!"
Toni stöhnt zurück:
„Schwarz mit rotem Muster."
Gerd funkt es dem Arzt durch.

Der Arzt antwortet:
„Die Schlange ist sehr giftig!"
Toni fragt gepresst:
„Was sagt der Arzt?"
Gerd zögernd:
„Der Arzt sagt, die Schlange ist sehr giftig."
Toni verzweifelt:
„Frag ihn, was wir machen können."

Gerd funkt dem Arzt die Frage, was zu tun sei.
Der Arzt:
„Öffnet die Bissstelle mit dem Messer ein kleines bisschen"
Gerd gibt die Auskunft weiter. Toni ist schon ganz schwach und Gerd führt den sehr schmerzhaften Schnitt mit zittriger Hand aus. Sein Freund wird ganz blass und ringt nach Luft.

Gerd funkt wieder den Arzt an:

„Was ist jetzt zu tun?"

Arzt:

„Sie müssen jetzt die Bissstelle
aussaugen!"

Toni röchelt:

„Was sagt der Arzt?"

Gerd sieht ihn mitleidig an und antwortet
langsam:

„Der Arzt sagt, Du musst sterben..."

Omas Nüsse

Nach Detmold zu fahren ist Oma
Hiltruds begehr
Mit dem Bus von Vahlhausen fällt ihr das
nicht schwer
Und auch der Fahrer gefällt ihr sehr
Leider ist sie nicht die Jüngste mehr

Jeden zweiten Tag fährt sie mit dem Bus
Das ist für sie ein ganz besonderes muss
Begrüßt den Fahrer mit einem frommen
Gruß
Statt wie im Traum mit einem Kuss

Jedes Mal schenkte sie ihm einen Beutel
gefüllt mit schönen Nüssen
Statt mit heißen Küssen
Fragt der Fahrer: „Wo hast Du denn die
vielen Nüsse her?"
Oma wird rot: „Ich esse so gerne Toffifee,
nur die Nüsse zu beißen, das fällt mir
schwer..."

Psychologie

Eine hübsche junge Dame sitzt allein an einem Tisch in einem Café in Blomberg.

Ein Mann kommt herein und da alle anderen Plätze besetzt sind, geht er zu der Frau und fragt: „Ist der Platz noch frei? Ich lade Sie auch gerne zu einem Kaffee ein."
„Waas, ins Hotel?!" schreit sie auf.
„Nein, nein, das ist ein Missverständnis ich wollte Sie doch nur auf einen Kaffee hier am Tisch einladen."
„Waas, ins Hotel?!" kommt es wieder laut von der Frau zurück. In dem Café wird es schlagartig still.
Sehr peinlich berührt zieht sich der junge Mann, verfolgt von den Blicken der anderen Gäste, an den letzten freien Stehtisch zurück.
Nach kurzer Zeit kommt die junge Dame zu ihm.

„Entschuldigen Sie die Szene von vorhin,

aber ich studiere Psychologie und untersuche die menschlichen Verhaltensweisen in unerwarteten Situationen."

Der junge Mann sieht sie an und schreit dann entsetzt durch das ganze Café: „Waas, zweihundertfünfzig Euro für eine halbe Stunde Sex?!"

Ein Mann und seine Stiefel

Guido war ein junger Mann aus Lage, der erst vor einem halben Jahr geheiratet hatte.

Trotz dieser kurzen Zeit kriselte es schon in der Ehe, denn Guido hatte ein Hobby, für dass sich meistens nur Frauen begeisterten – Schuhe!

Er ging durch die Stadt und sah in einem Schuhgeschäft ein Paar Stiefel. Die gefielen ihm so gut, dass er sie unbedingt kaufen musste.

Voller Freude ging er damit nach Hause, um seiner Frau Regina seinen Neuerwerb zu präsentieren.

Bevor er das Haus betrat, zog Guido seine Schuhe aus und die Stiefel an.

Nachdem er eingetreten war, fragte er seine Frau:

„Fällt Dir irgendwas an mir auf"?

„Nein, Du siehst aus wie immer!"

Er geht ins Zimmer nebenan, zieht sich nackt aus und kehrt zu ihr zurück.

Nur mit den Stiefeln bekleidet stellt er sich breitbeinig vor sie hin. Mit in den Hüften gestemmten Armen fragte er noch einmal:

„So, fällt Dir jetzt etwas an mir auf?"

„Gar nichts! Du siehst aus wie immer und der da unten, der hängt auch wie immer!" „Nein, der hängt nicht, wenigstens der bewundert meine neuen Stiefel!"

„Dann hättest Du Dir besser einen neuen Hut gekauft!"

Das Scheunentor

Ein Mann steht vor dem Scheunentor in
Ohrsen und pieselt durch die Ritze.
Von Innen fiel die Sense um und weg war
sie – die Spitze.
Ein Stummel blieb ihm noch zum Trost –
Prost!

Eieralarm

Eine alte Dame steigt in den Bus am Baumarkt in Detmold. Es ist nur noch eine Sitzbank frei. Sie setzt sich und legt auf dem Nachbarsitz ihre große Ledertasche ab.

An der nächsten Station steigt ein junger Mann ein.
Er hat sein Handy am Ohr. Dadurch ist er abgelenkt und will sich auf die Tasche setzen, als die alte Dame in höchsten Tönen schreit:
„Achtung, junger Mann, die Eier!"

„Entschuldigung, gnädige Frau, haben Sie Eier in der Tüte?"

„Nein", meint die alte Dame, aber ein Stück Stacheldraht..."

Wie lange noch?

Bei einem Kaffeekränzchen im Seniorenheim unterhalten sich drei alte Damen. Die erste sagt:
„Ich bin schon 72 und spiele immer noch Tennis. Aber wer weiß, wie lange noch?"

Die zweite:
„Ich bin 82 und jogge jeden Tag 2 km im Wald. Aber wer weiß, wie lange noch?"

Die dritte sagt:
„Ich bin schon 92 und immer noch Jungfrau. Aber wer weiß, wie lange noch?"

Fünfzig

Eine Ehefrau aus Horn unterhält sich mit ihrem Mann über den neuen Arzt in ihrem Ort.

Beate: „Mein neuer Arzt ist phantastisch! Er hat mir gesagt, was für eine schöne samtweiche Haut ich mit meinen fünfzig Jahren ich habe! Und was für sensationelle straffe Brüste und tolle glatte Beine ich habe. Das wäre für eine Fünfzigjährige außergewöhnlich!"

Ihr Mann war neugierig und wollte wissen: „Was hat er denn zu Deinem fetten fünfzigjährigen Arsch gesagt?"

„Da muss ich Dich enttäuschen, von Dir haben wir überhaupt nicht gesprochen!"

Der wilde Markus

Wir sind in einer Grundschule im Kalletal und eine Lehrerin beschwert sich gerade beim Rektor über den wilden Markus. „Mit dem Markus aus der zweiten Klasse ist es nicht zum Aushalten! Der Bengel glaubt immer alles besser zu wissen und meint, er wäre so schlau wie seine Schwester in der vierten Klasse. Darum will er auch dorthin versetzt werden!" Der Rektor meinte nur: „Beruhigen Sie sich, wir testen mal, wie schlau er wirklich ist!" Am nächsten Tag kommt Frido mit der Lehrerin zu Rektor. „Frido, wir stellen dir jetzt ein paar Fragen. Beantwortest du sie richtig, kannst du zu deiner Schwester in die Klasse. Wenn nicht, gehst du zurück in die 1. Klasse und schämst dich." Frido hält dem Rektor die Hand hin und meint ganz cool: „OK, so machen wir es!"
Es kommt die erste Frage: „Wieviel ist 8x8?" Frido: „64!" „Wie heißt die

Hauptstadt von Deutschland?" „Berlin!" So kommt Frage auf Frage und Frido kann alle richtig beantworten. Da meint die Kollegin: „Darf ich ihm auch ein paar Fragen stellen?" Der Rektor war erleichtert. „Sehr gerne!" Sie wandte sich an den Schüler. „Frido, wovon habe ich zwei und eine Kuh vier?" „Beine!" „Was hast du in deiner Hose und ich nicht?" „Taschen!" „Was ist hart und rosa, wenn es reingeht und weich und klebrig wenn es rauskommt?" Dem Rektor wird heiß und er bekommt einen Hustenanfall. „Ein Kaugummi!" war Fridos Antwort. „Wo haben die Frauen kurze krause Haare?" Der Rektor versank in seinem Sessel. „In Afrika!" „Wohin greifen Frauen ganz zärtlich und am liebsten bei einem Mann?" Dem Rektor wird schwarz vor Augen und er hörte Fridos Antwort kaum. „In die Brieftasche!" „Gut!" meinte die Lehrerin. „Nun die letzte Frage. Woran denkst du bei einem Wort, das mit F anfängt, mit N aufhört und etwas mit Hitze und Aufregung zu tun hat?" Dem Rektor standen die Tränen in den Augen. Frido antwortete überlegen: „Feuerwehrmann!" Der Rektor gab sich geschlagen. „Du kannst in die vierte Klasse gehen! Ich hätte die Fragen deiner Lehrerin alle falsch beantwortet!"

Zwei Bayern in Lippe

Wenn man von Dahlborn nach Mosebeck fährt, muss man eine ganze Weile durch den Wald fahren. Auf dieser einsamen Strecke musste etwas Schreckliches geschehen sein! Es lag nämlich ein Mann auf der Straße, überfahren und tot! Er hatte Lederhosen an und weißblaue Strümpfe. Ein Ausländer – ein Bayer! Dreißig Meter weiter ein zweiter Mann. Auch mit Lederhose und weißblauen Strümpfen – wieder ein Bayer! Hundert Meter weiter war wieder etwas Schreckliches zu sehen. Ein Igel – überfahren und tot! Woran erkennt man, dass der Igel ein Lipper war? Natürlich an der Bremsspur...

Batmans Freunde

Der kleine Thorsten aus Bösingfeld
War noch klein und doch ein großer Held
Er sah eine alte Nonne an der Straße
stehn
Sie traute sich aber nicht auf die andere
Seite schnell zu gehn
Es war so viel Verkehr
Und das Laufen viel ihr schwer
Thorsten half der Nonne über die Straße
dann
Zeigte, dass ein kleiner auch groß sein
kann
So meinte die Nonne: „Deine Hilfe war
mir eine Freude!"
Da meinte Thorsten dann ganz cool:
„Kein Problem, denn Batmans Freunde
sind auch meine Freunde!"

Ein guter Rat

Es war im Juli in Lage und ein heißer Tag. Paul hatte sich eine neue Badehose gekauft. Enganliegend und eine Nummer zu klein. Damit wollte er ins Freibad gehen und die Frauenwelt betören! Pauls Schwester Sabrina gab ihm noch einen gut gemeinten Rat. „Steck Dir noch eine Kartoffel in die Hose! Darauf stehen die Mädels bestimmt!" Ihr Bruder befolgte den Rat und steckte sich nach dem Umziehen im Freibad eine Kartoffel in die Hose. Schon eine Stunde später stand er wieder vor der erstaunten Sabrina. „Was ist los?" wollte sie wissen. „Du bist ja knallrot im Gesicht! Waren so viele Frauen hinter dir her?" „Nicht nur die Frauen!" antwortete Paul verzweifelt. „Du hättest mir aber auch sagen können, dass ich die Kartoffel vorne und nicht hinten in die Hose stecken sollte...!"

Eine besondere Pille

Nach zwölf Ehejahren schickt Frau Drösel aus Barntrup ihren Mann Hubert zur Apotheke. Er soll eine Packung Pillen besorgen, damit es im Bett wieder richtig rundgeht. Hubert antwortete: „Das ist eine gute Idee mein Schatz! Darauf wäre ich nie gekommen!" Hubert setzte sich ins Auto und fuhr zur Apotheke. Die gehörte einem Bekannten der beiden. Er war also der Apotheker ihres Vertrauens. Dort angekommen schilderte Hubert dem Apotheker warum seine Frau ihn geschickt hatte. „Kein Problem, Hubert. Ich kenne ja Deine Frau. Hier ist ein ganz neues Präparat. Eigentlich reicht davon eine, aber in diesem besonderen Fall soll sie davon 3x täglich eine Pille nehmen. Die Wirkung tritt bereits nach wenigen Tagen ein! Bestell Deiner Frau schöne Grüße von mir und sag ihr, dass diese Pillen genau das richtige für sie sind!"

Hubert fährt glücklich und gut gelaunt nach Hause. Dort überreichte er seiner Frau die Pillen mit den Grüßen des Apothekers.

Die Beerdigung der beiden Männer ist in fünf Tagen!

Warum?

Es waren Diätpillen!!!

Ein netter Kollege

Eine Frau beschwert sich bei ihrem Chef.
„Der Typ aus der Buchhaltung belästigt
mich unanständig!"
Fragt der Chef: „Wieso? Was genau ist
passiert?"
„Jedes Mal, wenn wir uns begegnen, tritt
er an mich heran und meint, dass meine
Haare so toll duften, dass er sie
unbedingt streicheln will!"
„Aber das ist doch keine Belästigung,
sondern eher ein Kompliment!" meint der
Chef.
Antwortet sie: „Normalerweise schon,
aber der Kerl ist Liliputaner..."

Die Busfahrt

Es ist ein verregneter Freitag. Mit etwas Verspätung setzte sich der Bus an einer Haltestelle in Lage-Heiden in Bewegung. Plötzlich wurden die Fahrgäste auf einen Mann aufmerksam, der wild gestikulierend neben dem Bus herlief und dabei die verrücktesten Grimassen schnitt. Er stolperte, fiel hin, stand auf und lief weiter. Er stolperte wieder, stand auf und lief Grimassen ziehend und winkend weiter. Dabei war er schon vollkommen durchnässt. Die Fahrgäste hatten vor Lachen schon Bauchschmerzen. Eine junge Frau öffnete ihr Fenster und rief dem Mann zu: „Wenn Sie so weitermachen, dann haben wir vor Lachen gleich unsere Hosen nass!" Da schrie der Mann zurück: „Sie werden gleich noch was ganz anderes in den Hosen haben, wenn Sie merken, dass ich der Busfahrer bin...!"

Zwei Omas im Café

Zwei Omas, Sieglinde und Waltraud, treffen sich in der Detmolder Innenstadt in einem Café. Auf einmal stutzte Sieglinde und sah ihre Freundin Waltraud genauer an. „Kann es sein, dass Du in Deinem rechten Ohr ein Zäpfchen stecken hast?" wollte sie erstaunt wissen. Waltraud packte sich erschrocken an das Ohr und zog wirklich ein Zäpfchen heraus. Nachdenklich drehte sie es zwischen zwei Finger und meinte dann: „Ich glaube, ich weiß jetzt, wo ich mein Hörgerät finden kann!"

Eine Kreuzfahrt

Ein älteres Ehepaar aus Kalletal machte zum ersten Mal in ihrem Leben eine Kreuzfahrt in die Karibik. Bis jetzt war die Reise wunderschön verlaufen. Nun kam Sturm auf und bevor die zwei unter Deck zu ihren Kabinen gelangten, wurde der Mann von einer gewaltigen Welle erfasst und über Bord gespült. Die Suche nach ihm blieb erfolglos und die Ehefrau wurde vom Kapitän im nächstgelegenen Hafen an Land gesetzt. Er versprach ihr die Suche fortzusetzen und sich bei ihr zu melden. Vier Wochen später meldete sich der Kapitän. „Wir haben Ihren Mann auf dem Meeresboden gefunden! An seinem besten Stück hatte sich eine Muschel festgebissen. Da war eine Perle drin im Wert von 20000 Euro! Was sollen wir machen?" Antwortet die Frau: „Schickt mir die Perle und schmeißt die Köderfalle wieder ins Wasser!"

Isolde Agathe

Isolde Agathe Unvernunft ist 82 und geht das erste Mal seit fünf Jahren zum Arzt, um sich untersuchen zu lassen. Hinterher will sie natürlich wissen was der Arzt herausgefunden hat, nur gestaltet sich das Gespräch etwas schwierig, weil Isolde Agathe ihr Hörgerät vergessen hatte. „Sie haben eine Thrombose!" sagt der Arzt. Isolde Agathe: „Häää?" Der Arzt laut: „Sie haben eine Thrombose!" „Aha!" Der Arzt: „Das müssen wir operieren!" „Häää?" Der Arzt verdrehte die Augen und sprach jetzt jeden Satz richtig laut. „Das müssen wir operieren, aber es kostet viel Geld und wenn Sie wollen, können wir auch noch etwas warten!" Isolde Agathe Unvernunft verließ die Praxis mit einem nie gekannten Gefühl und schwebte auf Wolke sieben nach Hause. Wobei ihr die Gehhilfe mit vier Rädern sehr nützlich war.

Ihr Mann kam ihr bis zur Haustür entgegen und wollte natürlich wissen, was der Arzt gesagt hatte.

„Ich hätte schon viel früher zum Arzt gehen sollen!" meinte Isolde Agathe. „Stell dir vor, ich weiß jetzt, dass ich in meinem Alter noch einen tollen Busen habe! Der Arzt meinte, der müsste unbedingt fotografiert werden, denn er ist einzigartig auf der Welt und dass soll hier bei uns im Garten geschehen!"

Turteltauben im Bett

„Mein lieber Mann, früher im Bett
Da warst du zu mir richtig nett
Hieltest meine Hand und hast mich
geküsst
Mir damit den Abend damit versüßt!"

Er war ganz galant
Und küsste ihre Hand

„Dann hast du zärtlich geknabbert an
meinen Ohren
Ich fühlte mich wie neu geboren
Dann presstest du deine Lippen ganz fest
auf meine Wangen
Bist dann mit den Lippen noch viel weiter
nach unten gegangen...!"
Er stand auf um ins Bad zu gehen
In der Tür blieb er noch Mal stehen
„Bevor ich weitermache musst du Geduld
haben und verzeihen
Ich muss mir erst dein Gebiss ausleihen!"

Ein 100. Geburtstag

In einem Lemgoer Altenheim feierte ein Bewohner seinen 100. Geburtstag. Er hieß Willi. Ein Reporter der LZ kam zu Besuch.

„Wie fühlen Sie sich?" war seine erste Frage an Willi. „Sehr gut, danke der Nachfrage", antwortete dieser.

„Wie ist denn Ihr Tagesablauf geregelt?" wollte der Reporter wissen. „Morgens als erstes Wasser lassen!" „Keine Probleme?"

„Nein, harter Strahl, kein Brennen, gesunde Farbe!" „Und dann?"

„Stuhlgang." „Probleme dabei?"

„Nein, ausreichender Druck, kein Blut, ganz normale Konsistenz, angenehmer Duft!"

„Danach haben Sie bestimmt Hunger und es geht zum Frühstück?"

„Nein, dann stehe ich auf!"

VITA

Kurt von der Heide wurde 1959 in Ostwestfalen geboren. Er ist verheiratet und hat zwei erwachsene Kinder. Seit seiner Jugend beschäftigt er sich mit dem Schreiben.

Angefangen mit Erzählungen und Reiseberichten, schreibt er heute Romane, Kinderbücher, Gedichte, Kurzgeschichten und religiöses.

Bereits in mehreren Anthologien sind Gedichte und Kurzgeschichten von ihm erschienen.

Erfolgreiche Teilnahme an Ausschreibungen sowie Wettbewerben.

Das Motto seiner Lesungen lautet: Vor Überraschungen ist man niemals sicher!

Besuchen Sie ihn auf seiner Homepage:
www.kurtvonderheide.de

Folgende Publikationen sind bisher von ihm erschienen:

Kinderbücher

Samia und die Kirschbaumelfen
Paperback
ISBN 978-3-7386-0557-0
72 Seiten

Samia und die Kirschbaumelfen Teil II
Paperback
ISBN 978-3-7386-3250-7
80 Seiten

Samia und die Kirschbaumelfen Teil III
Paperback
ISBN 978-3-7392-4463-1
84 Seiten

Das Krokomeza (Ein vegetarisches Krokodil)
Paperback
ISBN 978-3-7528-4816-8
84 Seiten

Romane

Der Todeskoffer
Paperback
ISBN 978-3-7386-5476-9
316 Seiten

Der Gewalt ausgeliefert
Paperback
ISBN 978-3-7418-6631-9
306 Seiten

Gedichte

Gedichte - meine Träume
Paperback
ISBN 978-3-7322-4449-2
56 Seiten

Religiöse Gedichte - denn wer glaubt vertraut
Paperback
ISBN 978-3-7322-5003-5
60 Seiten

Denn wer glaubt vertraut Teil II
Paperback
ISBN 978-3-7322-4422-5
100 Seiten

Kurzgeschichten

Kurzweilige Kurzgeschichten
Paperback
ISBN 978-3-7322-4562-8
64 Seiten

Kurts neue Geschichten
Paperback
ISBN 978-3-7357-8104-8
124 Seiten

Humorvolles

Lippisches Allerlei
Paperback
ISBN 978-3-7357-8727-9
112 Seiten

Lippisches Zweierlei
Paperback
ISBN 978-3-7418-8207-4
102 Seiten

Erotik

Der Mann mit den Eiern: Ein erotischer Roman -
Humorvoll, spritzig und frivol
Paperback
ISBN 978-3-7431-8835-8
208 Seiten

.